John Yeoman und Quentin Blake

Herrn Nowaks Arche

Deutsch von Ulrich Maske

JUMBO

JUMBO

Copyright © 1995 der deutschen Ausgabe
JUMBO Neue Medien & Verlag GmbH, Hamburg
Alle Rechte vorbehalten

Titel der englischen Originalausgabe „Mr. Nodd's Ark"

First published in Great Britain 1995 by Hamish Hamilton Ltd.
© 1995 John Yeoman & Quentin Blake

Printed in Belgium

proost

ISBN 3-89592-038-X

Die Deutsche Bibliothek - CIP-Einheitsaufnahme
Herrn Nowaks Arche / John Yeoman (Text) und Quentin Blake (Illustration) -
Hamburg : JUMBO, 1995
ISBN 3-89592-038-X
NE: Yeoman, John; Blake, Quentin

Herr Nowak liebte Holzarbeiten. Er hatte eine gute Werkzeugausrüstung und war darauf sehr stolz.
Zu seinem Unglück gingen ihm die Ideen aus für Dinge, die er bauen könnte.

Im letzten Monat hatte er schon einen
hölzernen Schirm für seine Frau gemacht,
hölzerne Fahrräder für seine älteren Söhne
Ham und Sem und einen hölzernen Spielanzug
für den kleinen Japhet.

Er hatte noch eine Menge Holz übrig. „Ich hab's",
sagte Herr Nowak, „ich baue im Garten ein Boot!"

„Ich hoffe, euer Vater weiß, was er tut",
meinte Frau Nowak.

Mit der Hilfe seiner älteren Söhne baute er ein Boot,
so ungeheuer groß, daß es fast die Gartenmauern berührte.

Seine Frau blickte aus dem Schlafzimmerfenster.
„Es ist sehr hübsch", sagte sie, „aber ist es nicht
ein bißchen groß? Wie willst du es aus dem Garten
rausbekommen?"

Daran hatte Herr Nowak nicht gedacht.

Als sie später bei ihrem Tee saßen, sah Herr Nowak sehr mürrisch aus.

„Die Gartenmauer wirst du ja wohl nicht einreißen", sagte Frau Nowak.

„Und das Boot darfst du nicht kaputtmachen", ergänzte Ham.

In diesem Moment schaltete Sem den Fernseher an. Die Wetter-Dame sagte gerade, in den nächsten zwei Tagen könne es ernste Überschwemmungen geben.

„Das ist es!" rief Herr Nowak und sprang auf:
„Ich mache eine Arche daraus. Und dann soll die Mauer ruhig überschwemmt werden."

Ham und Sem fanden diese Idee wunderbar.

„Ich weiß nicht, wo ich dann meine Wäsche aufhängen soll", gab Frau Nowak zu bedenken.

„Aber das ist doch keine richtige Arche, ohne Tiere - in Paaren", zweifelte Ham.

„Also, wir haben zwei Hamster und zwei Katzen", sagte Sem, „und zwei Goldfische und zwei Wellensittiche."

„Und wir könnten uns noch ein paar dazuleihen", ergänzte Ham.

„Na prima", sagte Herr Nowak, „aber keine Stechinsekten."

Am nächsten Tag machten die Jungen bei ihren Freunden die Runde und liehen zwei Kaninchen, zwei Ringelnattern, zwei weiße Mäuse und zwei Enten. Durch einen Glücksfall folgten ihnen noch zwei Mischlingshunde nach Haus.

An jenem Abend sammelte Frau Nowak alle ihre hölzernen Tassen und Teller und Bestecke zusammen, und die Jungen setzten sich hin und machten einen Stapel belegter Brote.

„Laßt uns lieber aufbrechen", sagte Herr Nowak. „Der Regen könnte ganz plötzlich kommen. Wißt ihr, ich glaube, wir sollten die Nacht in der Arche verbringen."

Alle stimmten zu. So reichten sie die belegten Brote und die Betten und die Gitarren und den ganzen Krimskrams, den Frau Nowak gepackt hatte, hinaus aus dem Schlafzimmerfenster und hinein in die Arche.

„Ist das nicht gemütlich?" fragte Herr Nowak
und zündete die Sturmlaterne an.

„Wäre es nicht besser mit Fenstern?" meinte Frau Nowak.

„Das wäre doch albern", antwortete er.
„Wozu sind hölzerne Fenster gut?"

Alle machten es sich bequem für den Abend, als sie
ein Klopfen an der Tür hörten.

„Ich sehe nach, wer es ist", sagte Ham.

Stellt euch ihre Überraschung vor, als sie da zwei große Schafe stehen sahen.

„Laß sie lieber rein", meinte Frau Nowak.
„Es gibt noch Platz. Jedenfalls ein bißchen."

„Ich möchte wissen, woher sie davon erfahren haben", murmelte Sem.

„Du würdest dich wundern über den Tratsch, den man so im Supermarkt hört", sagte seine Mutter.

„Zieht den Steg hoch und verriegelt jetzt die Tür, Jungs", ordnete Herr Nowak an. „Wir können bald überschwemmt werden."

Die Neuankömmlinge machten es sich gemütlich.

„Ich kann hier nicht nur rumsitzen und nichts tun", sagte Frau Nowak. „Das kann ja eine Weile dauern."

„Normalerweise vierzig Tage und vierzig Nächte", wußte Herr Nowak.

„Die Wetter-Dame sagte, bis Mittwoch", meinte Sem.

„Das kommt aufs selbe raus, ich bastele weiter am Schmuck für das nächste Weihnachtsfest", sagte Frau Nowak. „Falls jemand helfen möchte - bitte sehr."

So machten sie denn alle mit. Das Licht war nicht besonders gut, der Schmuck geriet etwas klobig und war rasch fertig. Aber er begeisterte die Tiere und beruhigte sie.

Schließlich krochen alle müde und zufrieden unter ihre Scharnier-Bettdecken und schliefen ein.

Als sie schließlich wieder erwachten, schlug Herr Nowak vor: „Wir sollten mal rausfinden, wie es draußen aussieht. Vermutlich sind alle Häuserdächer unter Wasser."

„Wir scheinen nicht auf und nieder zu schwappen", bemerkte Frau Nowak.

„Gute Handwerksarbeit", sagte Herr Nowak stolz.

„Wir können nicht einfach die Tür aufmachen und den Sturm reinlassen", gab Sem zu bedenken.

„Ich glaube, wir sollten jetzt einen Raben aussenden", meinte Ham. „Tun's vielleicht auch die Enten?"

„Gute Idee", lobte Herr Nowak. Und er ließ die Enten durch die Katzenklappe hinausschlüpfen.

Es nieselte leicht, was die Enten freute.

Sie saßen auf dem Deck und streckten sich, anschließend ordneten sie ihr Gefieder und putzten sich. Dann erblickten sie ein Paar Strumpfhosen auf der Reling und zupften daran in der Hoffnung, es wäre etwas zu essen.

Schließlich dachten sie, die anderen hätten vielleicht die belegten Brote wieder herausgeholt, und sie nahmen die Strumpfhosen mit zurück durch die Katzenklappe.

„Sind die Enten trocken?" fragte Ham.

„Ja", antwortete Sem. „Es hat wohl aufgehört zu regnen."

„Enten sind immer trocken", fügte Herr Nowak hinzu. „Der Regen tropft an ihnen ab wie ... wie Wasser von einem Entenpo."

„Dies sind Frau Nachbarins Strumpfhosen", sagte Frau Nowak. „Sie müssen von der Wäscheleine geweht sein."

Sie hielt sie an ihre Wange. „Noch feucht", bemerkte sie.

„Laßt uns lieber noch einen Tag warten, ehe wir die Tür öffnen", meinte Herr Nowak.

„Wenn das so ist, wollen wir noch ein paar belegte Brote essen und ein bißchen zusammen singen", sagte Frau Nowak.

So nahmen sie ihre Gitarren und sangen, und sie aßen, und sie waren frohen Herzens. Die Tiere schlossen sich dieser Stimmung an und sprangen und wiegten sich im Takt der Musik.

Sie schliefen alle gut in dieser Nacht.

Am nächsten Morgen, als sie erwacht waren und sich gestreckt hatten, sagte Ham: „Diesmal sollte es eine Taube sein. Meint ihr, die Wellensittiche tun's auch?"

„Sie sind ein bißchen daneben. Vielleicht vergessen sie ihren Rückweg."

„Die Schafe kriegen wir niemals durch die Katzenklappe", gab Herr Nowak zu bedenken.

„Und ein Goldfisch bringt nichts", meinte Frau Nowak. „Er ist mit seinen Gedanken doch immer woanders."

„Also, welches Tier ist nun dran?" fragte Herr Nowak.

Alle Tiere sahen in die andere Richtung, als ob sie nicht verstanden hätten. Keins von ihnen wollte raus, solange noch ein paar belegte Brote da waren.

In diesem Augenblick gab es ein Geräusch, als ob Kieselsteine an die Wand der Arche schlügen, und Kinderstimmen klangen schwach herein: „Huhu!"

„Macht die Tür auf, Jungs", ordnete Herr Nowak an. „Diese Kinder da draußen könnten ertrinken. Und obwohl es hier schon eng genug ist – wir müssen sie reinlassen."

Ham und Sem rissen die Tür auf und sahen hinaus. Da unten im Sonnenschein stand eine kleine Gruppe ihrer Schulfreunde.

„Wir haben die Musik gehört. Können wir reinkommen zu eurer Party?" fragten sie.

Der Steg wurde hinuntergelassen, Familie Nowak und die Tiere erstrahlten im Licht und betraten das Deck, um die Gäste zu begrüßen.

„Die Überschwemmungen sind also wieder zurückgegangen?" fragte Herr Nowak.

Die Kinder blickten verständnislos.

Frau Nowak sah sich um. „Wißt ihr", meinte sie, „ich glaube nicht, daß es hier viel mehr gab als einen tüchtigen Regenschauer."

Herr Nowak sah sehr enttäuscht aus.

„Das ist ja eine Wahnsinns-Disco, die Sie hier gebaut haben, Herr Nowak", lobte ein kleines Mädchen.

„Ja, wirklich?" sagte er und sein Gesicht hellte sich auf. „Oh, vielen Dank."

„Also, das ist doch eine Idee, Papa", sagte Sem. „Das kann Jahrhunderte dauern bis zur nächsten Überschwemmung, und Mama will nicht, daß du die Gartenmauer einreißt ..."

„... und du willst nicht, daß die Arche kaputtgemacht wird", ergänzte Ham. „Also, könnten wir sie nicht einmal in der Woche benutzen zum Tanzen?"

„Bitte, Herr Nowak", riefen sie alle.

Frau Nowak sah ihren Mann an. „Es ist wohl keine Schande, sie herzugeben", meinte sie. „Und wir hatten doch eine so schöne Zeit. Warum wollen wir es nicht versuchen?"

So holte Herr Nowak sein Werkzeug heraus und legte ein elektrisches Kabel vom Haus, so daß er ringsherum in der Kabine farbige Lampen aufhängen konnte. Dann stellte er die Stereoanlage der Jungen auf und machte das Ganze zu einer richtigen Disco.

Es war glänzend.

Und jeden Samstagabend, wenn Ham und Sem und der kleine Japhet den Steg runterlassen und die Tür öffnen, wartet da immer eine lange Schlange begeisterter Kinder.

Und einige Tierpaare.